엮은이 이상미

생각하고 고민하는 것을 좋아해서 철학을 공부했는데 철학 공부보다 시 쓰기를 더 많이 했어요. 시를 쓰고. 소리 내어 읽기를 좋아하지요. 잡동사니를 주워 와서 예쁘게 색칠하고는 혼자 웃기도 해요. 지금은 사랑하는 딸 태은이와 함께 읽을 수 있는 좋은 책을 쓰고자 노력하고 있어요. 지은 책으로는 《은이의 사진첩》《달이 따라오네?》《무슨 병원일까요?》《머리 큰 임금님과 신하들》《햇살 먹은 방귀 구름》《재미있는 곤충의 세계로 풍덩》《마틴 루터 킹》《을파소》《통통 한국사 2》《링컨》《국사가 재밌어지는 3학년 맞춤국사》 등이 있어요.

그린이 박지훈

부산에서 태어나 제주도에서 어린 시절을 보내고, 추계예술대학교에서 동양화를 전공했어요. 2001년 출판미술 대전에서 《어멍 어디 감수광?》으로 은상을 받았어요. 그린 책으로 《비밀의 열쇠》《축구 황제 펠레》《고무신 기차》《똥떡》《열두 띠 동물 동화》《아빠에게 돌 던지는 아이》 등이 있어요.

윤동주 시인과 함께하는 송알송알

동시 논술

초록우체통

 생각이 열리는 동시집

윤동주 시인과 함께하는 송알송알

동시 논술

윤동주 시 · 이상미 엮음 · 박지훈 그림

초록우체통

안녕, 친구들. 내 이름은 윤동주예요.
난 어릴 때부터 시 쓰기를 참 좋아했어요.
평소 얌전하고 말이 없는 편이었지만
그래도 친구들에게 인기가 많았어요.
나는 시 쓰기만 좋아한 게 아니라
운동도 좋아하고 잘했거든요.
학교에서 축구 선수로 활약하기도 했지요.

나는 멀리서 학교를 다니느라 늘 집을 떠나 있었어요.
그래서 내 시에는 가족을 보고파하고 그리워하는 마음이 가득해요.
〈고향집〉〈오줌싸개 지도〉에는 그런 내 마음이 잘 드러나 있지요.
그렇게 나는 그리움을 달래고, 고운 마음을 시로 썼어요.
밤하늘의 별처럼 조용하지만
변치 않고 빛나길 바라면서 말이지요.

친구들도 말로는 표현하지 못할 이야기들이 있나요?

그렇다면 이제부터 내가 들려주는 동시에 귀 기울여 보세요.

어느새 마음이 스르르 열리고

기분이 좋아지는 것을 느낄 수 있을 거예요.

목차

자연은 내 친구

나만의 비밀

우리 가족

동물 친구들

무얼 먹고 사나

나에게는 길가에 핀 민들레도 날마다 새롭고,
이리저리 옮겨다니며 아는 체하는 까치도 반가운 얼굴이었어요.
그렇게 한 걸음 한 걸음 앞으로 걸어가며 맑고 고운 마음을 시로 옮겼어요.

자연은 내 친구

봄
눈
나무
조개껍질
햇비
둘 다

봄

우리 애기는

아래 발치에서 코올코올

고양이는

부뚜막에서 가릉가릉

애기 바람이

나뭇가지에 소올소올

아저씨 햇님이

하늘 한가운데서 째앵째앵

눈

지난밤에
눈이 소-복이 왔네
지붕이랑
길이랑 밭이랑
추워한다고
덮어 주는 이불인가 봐

그러기에
추운 겨울에만 내리지.

나무

나무가 춤을 추면
바람이 불고,

나무가 잠잠하면
바람도 자오.

조개껍질

아롱아롱 조개껍데기

울 언니 바닷가에서

주워 온 조개껍데기

여긴여긴 북쪽나라요

조개는 귀여운 선물

장난감 조개껍데기.

*아롱아롱 : 여러 가지 빛깔의 작은 점이나 줄 따위가
고르지 않고 촘촘하게 무늬를 이룬 모양

데굴데굴 굴리며 놀다

짝 잃은 조개껍데기

한 짝을 그리워하네

아롱아롱 조개껍데기

나처럼 그리워하네

물소리 바다 물소리.

햇비

아씨처럼 내린다

보슬보슬 햇비

맞아 주자, 다 같이

옥수숫대처럼 크게

닷자 엿자 자라게

햇님이 웃는다

나 보고 웃는다

하늘다리 놓였다

알롱달롱 무지개

노래하자, 즐겁게

동무들아 이리 오나

다 같이 춤을 추자

햇님이 웃는다

즐거워 웃는다

*햇비 : 햇살이 비치는 날 잠깐 내리는 비로 '여우비'라고도 함
*닷자 엿자 : 다섯 자 여섯 자를 줄인 말

둘 다

바다도 푸르고

하늘도 푸르고

바다도 끝없고

하늘도 끝없고

바다에 돌 던지고

하늘에 침 뱉고

바다는 벙글

하늘은 잠잠

송알송알 동시

여러 가지 모양의 조개껍질이 있어요. 친구들은 어떤 모양의 조개껍질을 닮은 것 같나요? 어떤 면이 닮았나요?

예) 삐죽삐죽 내 머리카락 닮았다.

예) 동그란 내 마음이랑 닮았다.

내가 쓴 시 〈봄〉에는 예쁜 시어가 많이 나와요. 콜콜 자는 소리를 코올코올, 고양이가 내는 소리를 가릉가릉, 솔솔 바람이 부는 소리를 소올소올. 읽을수록 리듬이 살아나 마음속에 음악이 되지요.
시에서는 이렇게 말을 예쁘게 바꿔 쓸 수 있답니다. 두 단어를 읽어 보며 느낌이 어떻게 다른지 이야기해 보세요.

쌕쌕 - 쌔액쌔액

훨훨 - 훠얼훠얼

컹컹 - 커엉커엉

해와 비가 합쳐져 '햇비(해비)'가 되었어요. 친구들도 예쁜 말을 만들어 볼까요?

예) 너나들이(너와 나, 우리) - 우리는 함께 라는 표현을 할 때

동시를 쓸 때 어떤 사물이나 마음을 내가 보고 느낀 대로 가장 잘 표현할 수 있다면 그게 가장 멋진 동시가 되지요. 아름다운 우리말을 살려 쓰면서 예쁜 말을 만들어 보려는 노력도 아름다운 동시를 쓰는 데 도움이 된답니다.

단비는 꼭 필요할 때 내리는 비를 말해요. 잠시 눈을 감고 단비가 필요할 때가 언제일지 생각해 보세요.

다른 시 감상하기

햇살이 비치는 아침, 학교 가는 길에는 골목마다 땅바닥에 햇볕과 그늘이 오락가락합니다. 햇볕나라 폴짝, 그늘나라 폴짝. 그렇게 폴짝거리다 보면 어느새 학교에 다다르지요. 바람, 하늘, 달, 나무, 봄, 여름, 가을, 겨울이 모두 친구가 되어 내 마음속으로 들어옵니다.
다른 친구가 쓴 자연에 대한 동시 한 편을 읽어 봐요.

비 · 눈

신상도초등학교 주민규

톡톡 대롱대롱 이슬비
주루룩 주루룩 장대비
비야 비야 장대비야 우산 젖는다
이슬비야 와라

눈 폭설 오지 마라
눈 솜같이 와라

초저녁까지 함께 놀던 친구들과 헤어진 어스름한 달밤. 아무리 빨리 뛰어도 달은 언제나 우리 집에 먼저 도착해 있곤 해요. 조지훈 시인도 그 이유가 무척이나 궁금했나 봐요.

달밤

조지훈

순이가 달아나면
기인 담장 위로
달님이 따라오고,

분이가 달아나면
기인 담장 밑으로
달님이 따라가고,

하늘에 달이야 하나인데……

순이는 달님을 데리고
집으로 가고,

분이도 달님을 데리고
집으로 가고.

나는 하얗게 내린 눈이 이불처럼 지붕이랑 길이랑 밭을 포근히 덮어 준다고 생각했어요. 만약 친구들이 마음대로 눈을 내리게 할 수 있다면 어느 곳에 내리게 하고 싶나요?

'눈' 하면 떠오르는 낱말을 말해 볼까요?

눈사람

모자

아이스크림

눈과 연결되는 낱말들을 많이 떠올렸나요. 떠오른 낱말들을 써서 눈에 대한 시를 지어 보기로 해요.

오늘은 어떤 일이 있었나요? 나에게 이야기해 줄래요?
나와 함께 시를 노래하며 이야기하다 보면
어느새 마음이 스르르 열리고 기분이 좋아지는 것을 느낄 수 있을 거예요.

나만의 비밀

만돌이

거짓부리

참새

귀뚜라미와 나와

눈 감고 간다

만돌이

만돌이가 학교에서 돌아오다가

전봇대 있는 데서

돌재기 다섯 개를 주웠습니다.

전봇대를 겨누고

돌 첫 개를 뿌렸습니다.

　　– 딱 –

두 개째 뿌렸습니다.

　　– 아뿔싸 –

세 개째 뿌렸습니다.

　　– 딱 –

네 개째 뿌렸습니다.

*돌재기 : 돌멩이나 자갈
*허양 : 거뜬히

– 아뿔싸 –

다섯 개째 뿌렸습니다.

– 딱 –

다섯 개에 세 개······
그만하면 되었다.
내일 시험,
다섯 문제에 세 문제만 하면 –
손꼽아 구구를 하여 봐도
허양 육십 점이다.
볼 거 있나 공 차러 가자.

그 이튿날 만돌이는
꼼짝 못하고 선생님한테
흰 종이를 바쳤을까요?
그렇잖으면 정말
육십 점을 맞았을까요?

거짓부리

똑, 똑, 똑
문 좀 열어 주세요.
하룻밤 자고 갑시다.
밤은 깊고 날은 추운데
거, 누굴까?
문 열어 주고 보니
검둥이의 꼬리가
거짓부리한걸.

*거짓부리 : 거짓말

꼬끼오 꼬끼오

달걀 낳았다.

간난아! 어서 집어 가거라.

간난이 뛰어가 보니

달걀은 무슨 달걀

고놈의 암탉이

대낮에 새빨간

거짓부리한걸.

참새

가을 지난 마당은 하이얀 종이
참새들이 글씨를 공부하지요.

째액째액 입으로 받아 읽으며
두 발로는 글씨를 연습하지요.

하루 종일 글씨를 공부하여도
짹자 한 자밖에는 더 못 쓰는걸.

귀뚜라미와 나와

귀뚜라미와 나와

잔디밭에서 이야기했다.

귀뚤귀뚤

귀뚤귀뚤

아무에게도 알으켜 주지 말고

우리 둘만 알자고 약속했다.

귀뚤귀뚤

귀뚤귀뚤

귀뚜라미와 나와

달 밝은 밤에 이야기했다.

눈 감고 간다

태양을 사모하는 아이들아

별을 사랑하는 아이들아

밤이 어두웠는데

눈 감고 가거라.

가진 바 씨앗을

뿌리면서 가거라.

발부리에 돌이 채이거든

감았던 눈을 와짝 떠라.

아이들은 언제나 희망에 차오릅니다. 일제강점기의 어두운 시대지만
아이들이 밝게 자라길 바라는 마음을 시에 실었어요.

*와짝 : 기운이나 기세가 갑자기 커지는 모양

송알송알 동시

〈귀뚜라미와 나와〉에서 나는 귀뚜라미와 한 이야기를 아무에게도 알려 주지 않기로 약속했어요. 친구들도 나처럼 다른 사람은 모르는 비밀 친구가 있나요? 비밀 친구에게 어떤 이야기를 하고 싶나요?

타임캡슐을 만들어서 십 년 뒤에 열어 볼 거예요. 타임캡슐에는 나만의 비밀만 들어가요. 무엇을 넣고 싶은지 이야기해 보세요.

예) 내 짝 태은이를 좋아하는 마음,
　　친구에게 받은 선물

난 어릴 때 친구들과 눈 감고 걷기 놀이하는 걸 좋아했어요. 친구들도 눈을 감고 걸어 본 적이 있나요? 눈을 떴을 때 어떤 느낌이 들었나요?

집에 있는데 바람이 창문을 두드리고 방문이 덜커덩거려요. 어디선가 부스럭 소리가 들리기도 하지요. 똑똑! 아, 누가 왔나 봐요. 누구일까요?

예) 새끼 고양이 - 춥고 배고프다고
    우리형 - 같이 과자 나눠먹자고

어떤 장면을 상상하는 것은 연상 작용을 도와 창의력을 키워 줍니다.
마음을 자라게 하는 공부이지요.

다른 시 감상하기

아침마다 부모님께 큰 소리로 인사하고 가방을 메고 학교로 향해요.
집 밖을 나서면 벌써 마음이 설레지요. 친구들은 학교 갈 때 무슨 생각을
하나요? 다른 친구가 학교 가는 길에 대해 쓴 동시를 함께 읽어 봐요.

등굣길

의정부서초등학교 김별

여덟 시다. 벌떡!　　　　　　'오늘은 뭘 배울까?'
알람은 꺼져 있고　　　　　　'친구랑 뭘 하고 놀까?'
신발은 어디로 갔니?　　　　　초록 신호 켜졌다.

'다녀오겠습니다!'　　　　　　어느새 학교가 코앞이다.
현관문을 뛰쳐나가
노란 길을 달린다.

방정환 시인은 가을이 가는 아쉬움을 귀뚜라미 소리에 빗대어 표현했어요.
귀뚜라미 우는 가을이 지나면 곧 겨울이 찾아올테니까요.
나의 시 〈귀뚜라미와 나와〉와 비교하면서 읽어 보세요.

귀뚜라미 소리

방정환

귀뚜라미 귀뚜르르
가느단 소리,
달님도 추워서
파랗습니다.

울 밑에 과꽃이
네 밤만 자면
눈 오는 겨울이 찾아온다고……

귀뚜라미 귀뚜르르
가느단 소리,
뜰 앞에 오동잎이 떨어집니다.

내 맘대로 동시

마음 따라가기를 해 보기로 해요. 작은 돌 하나를 던져 봅니다.
어디에 던졌나요? 빈 줄 위에 이야기를 만들어 보세요.

돌 하나를

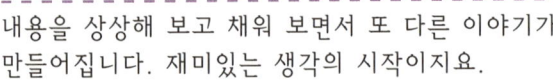

예) 돌 하나를 연못에 던졌다.
　　물고기가 펄쩍 날았다.
　　나도 따라 깜짝 놀랐다.

내용을 상상해 보고 채워 보면서 또 다른 이야기가
만들어집니다. 재미있는 생각의 시작이지요.

〈만돌이〉는 시험에 대한 시에요. 시험하면 어떤 생각이 떠오르나요?
시험 때문에 기뻤거나 속상했던 기억을 적어 보세요.

예) 고민하다가 적은 답이 맞았어요.
　　90점인 줄 알았는데 80점이었어요.

시험 시간이 다가오면 시간이 자꾸 빨리 가는 것 같아요. 시곗바늘은 똑같이
움직이는데 왜 빨리 갈까요? 아니, 느리게 가는 것도 같아요.
시험 시간을 시로 표현해 볼까요?

나는 멀리서 학교를 다니느라 늘 집을 떠나 있었어요.
아버지, 어머니, 형제들……. 가족은 늘 그리움의 대상이었지요.
그래서 내 시에는 가족을 보고파하고 그리워하는 마음이 가득하답니다.

우리 가족

해바라기 얼굴

누나의 얼굴은
해바라기 얼굴.
해가 금방 뜨자
일터에 간다.

해바라기 얼굴은
누나의 얼굴.
얼굴이 숙어 들어
집으로 온다.

고추밭

시들은 잎새 속에서
고 빨-간 살을 드러내 놓고,
고추는 방년된 아가씬 양
땡볕에 자꼬 익어 간다.

할머니는 바구니를 들고

밭머리에서 어정거리고

손가락 너어는 아이는

할머니 뒤만 따른다.

고추가 빨갛게 익어 가는 여름날. 고추를 따는 할머니와
할머니 주위를 맴도는 아이의 모습을 시로 표현했어요.

*방년 : 이십 세 전후의 한창 젊은 나이
*땍볕 : 여름날 따갑게 내리쬐는 뜨거운 볕으로 '땡볕'을 말함
*자꼬 : 자꾸
*너어는 : 빠는, 입에 문

오줌싸개 지도

빨랫줄에 걸어 논
요에다 그린 지도는
지난밤에 내 동생
오줌 싸서 그린 지도

꿈에 가 본 엄마 계신
별나라 지돈가?
돈 벌러 간 아빠 계신
만주 땅 지돈가?

사과

붉은 사과 한 개를
아버지, 어머니,
누나, 나, 넷이서
껍질째로 송치까지
다아 나눠 먹었소.

*송치 : 속

고향집

헌 짚신짝 끄을고

나 여기 왜 왔노

두만강을 건너서

쓸쓸한 이 땅에

남쪽 하늘 저 밑엔

따뜻한 내 고향

내 어머니 계신 곳

그리운 고향집

두만강 건너 쓸쓸한 만주 땅에서 어머니를
그리워하는 애절한 마음을 담았어요.

송알송알 동시

이불에 오줌을 싸면 <mark>어떤 지도가</mark> 나올까요?

예) 친구랑 함께 찾아갈 보물 지도

내가 쓴 시 〈사과〉에 나오는 가족이 <mark>누구누구</mark>인지 이야기해 보세요.

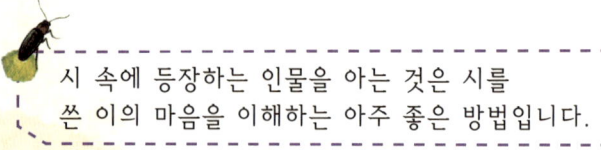

시 속에 등장하는 인물을 아는 것은 시를
쓴 이의 마음을 이해하는 아주 좋은 방법입니다.

눈을 감고 우리 가족의 얼굴을 떠올려 보세요. <mark>누구의 얼굴</mark>이 떠오르나요?

예) 청개구리처럼 어디로 뛸지 모르는 내 동생

단지 엄마, 누나, 아빠, 형 이렇게 간단하게 말고 좀 더 구체적으로 생각해 보기로 해요.
대상을 구체적으로 표현하는 것은 글을 잘 쓰는 방법 가운데 하나랍니다.

나는 늘 고향집에서 멀리 떠나 있었어요. 내가 쓴 〈고향집〉에는 집을 그리워하는 나의 마음이 담겨 있어요. 친구들도 집에서 멀리 떠나 있던 적이 있나요? 그때 어떤 마음이 들었나요?

사랑하는 가족이 살고 있는 우리 집에게 편지를 써 보기로 해요.
길고 멋지게 쓰지 않아도 돼요. 떠오르는 생각을 한 문장으로 표현해도 좋아요.

예) 집아 집아, 몰래 몰래 나 좀 숨겨 줘.
    우리 언니 숨바꼭질하다 깜빡 잠들게.

다른 시 감상하기

세상에서 가장 따뜻한 곳이 어디일까요? 바로 엄마의 품이고 가족이 함께 사는 집이에요. 눈 흘기며 싸우는 오빠, 누나, 동생도 아프거나 다쳤다는 소식을 들으면 가장 먼저 달려가게 되지요. 모두 가족을 사랑하기 때문이랍니다.
〈엄마와 우산〉이라는 시를 읽어 보세요. 그런 다음 가만히 눈을 감고 엄마, 아빠, 그리고 형제들을 생각해 보아요.

엄마와 우산

이상미

두두두
비 오면
엄마 걸음이 빨라져요.

두두두
비 오면
엄마 마음이 급해져요.

두두두
비 오면
학교 교문 앞 엄마 보일까
내 목이 길어져요.

헐레벌떡 우리 엄마
허겁지겁 우리 엄마
빗속을 뚫고서 나타나요.

"우산을 가져갔어야지!"
살짝 눈 흘김에
나는 배시시 배시시

엄마랑 첨벙첨벙 길을 가는데
어느새 비는 총총
햇살 총으로 바뀌었어요.

엄마랑 나는
우산 지팡이 콕콕
찧으며 길을 가지요.

다음에도 우산은 놓고 와야지.

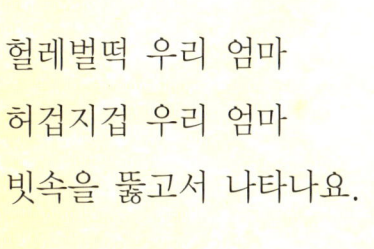

내 맘대로 동시

우리 가족을 동물로 표현하면 어떤 동물이 될까요?

예) 아빠 - 우람한 백곰, 엄마 - 수다쟁이 너구리 아줌마

단지 어떤 동물이라고 동물 이름만 말하지 말고 어떤 동물인지 묘사를 하는 게 중요해요. 강아지면 어떤 강아지인지, 고양이면 어떤 고양이인지요. 묘사를 하려면 관찰을 해야 하고 생각을 깊이 하게 돼요. 그래서 글을 쓸 때 묘사는 아주 좋은 글쓰기 훈련이 될 수 있어요.

가족 동물원을 만들었어요. 가족 동물원의 이름을 지어 보세요.

예) 시끌벅적 동물원, 괴물 동물원, 신기한 동물원

재미있는 이름이 떠올랐나요? 가족 동물원에 대한 시를 써 보세요.

가족을 동물로 표현하고 그 특징을 생각하게 되면 재미있는 표현이 떠오르지요.
언제나 함께하는 가족이어서 쉽게 특징을 찾아내어 재미있게 시를 쓸 수 있답니다.

내가 살았던 시대에는 지금처럼 장난감이나 놀이기구가 많지 않았어요.
집과 동네에서 흔히 만나던 반딧불, 개와 닭 같은 동물들이
언제나 함께 놀아 주는 정겨운 친구였지요.

동물 친구들

병아리

산울림

반딧불

닭

개

병아리

"뾰, 뾰, 뾰

엄마 젖 좀 주"

병아리 소리.

"꺽, 꺽, 꺽

오냐 좀 기다려"

엄마 닭 소리.

좀 있다가

병아리들은

엄마 품으로

다 들어갔지요.

산울림

까치가 울어서
산울림
아무도 못 들은
산울림

까치가 들었다
산울림
저 혼자 들었다
산울림

70

반딧불

가자, 가자, 가자,

숲으로 가자.

달조각 주으러

숲으로 가자.

그믐밤 반딧불은

부서진 달조각

가자, 가자, 가자,

숲으로 가자.

달조각을 주으러

숲으로 가자.

닭

– 닭은 나래가 커도

왜, 날잖나요

– 아마 두엄 파기에

홀, 잊었나 봐.

닭은 날개가 큰데도 왜 날지 않을까요?
아마도 두엄 속 맛있는 먹이를 찾느라
깜빡 잊어버렸나 봐요.

*나래 : 날개
*두엄 : 풀, 짚 또는 가축의 배설물 따위를 썩힌 거름
*홀 : 깜박

개

눈 위에서

개가

꽃을 그리며

뛰오.

송알송알 동시

내가 살던 동네에는 개, 고양이, 오리, 소와 같은 동물이 많았어요. 꼭 동물원에 가지 않아도 정겨운 동물 친구들을 만날 수 있었지요. 친구들은 오늘 유난히 눈에 띈 동물이나 곤충이 있나요? 어떤 모습이었는지 말해 줄래요?

예) 아침에 하루살이를 보았어요. 내 옷 주름에 붙어 있었는데 손으로 딱 치려고 하자 폴폴 약 올리듯 맴을 그리며 날아갔어요. 너무 작은 점 같아서 눈으로 쫓아가려 했지만 뽀르르 사라졌어요.

동물에 대한 시를 쓰기 위해서는 동물을 관찰하는 눈이 필요해요. 남들이 보지 못한 나만의 눈으로 하는 관찰이 필요하지요. 관찰하는 동물이 평범할 수 있어요. 반드시 독특하고 남다른 대상일 필요는 없어요. 관찰하는 눈이 남과 다르면 된답니다.

아무도 보지 못한 동물을 생각해 봤나요? 상상 속 동물을 이야기해 보세요.

예) 털이 북실북실한 강아지 코끼리, 귀여운 토끼 귀를 가진 악어

다음 그림을 재미있는 한 문장으로 표현해 볼까요?

예) 초록 나비가 도장을 찍었네. 콕콕콕콕.

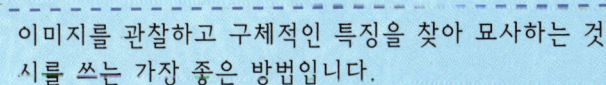

이미지를 관찰하고 구체적인 특징을 찾아 묘사하는 것은
시를 쓰는 가장 좋은 방법입니다.

다른 시 감상하기

귀를 쫑긋 세워 보세요. 나무 위에서 새가 노래하고, 나비가 팔랑팔랑
날갯짓을 해요. 고양이는 후다닥 담 위로 올라가서는 이내 사라지지요.
다른 친구가 쓴 동물에 대한 동시 한 편을 읽어 볼까요?

토끼랑 나랑

하남풍산초등학교   황은서

토끼는 앞니가 길어

나도 앞니가 길어

토끼는 깡충깡충 잘 뛰어

나도 폴짝폴짝 잘 뛰어

토끼는 귀가 커

내 귀는 우리 반에서 제일 커

토끼랑 나랑 닮았네

토끼랑 나랑은 친구

햇살이 비치는 나른한 봄날 오후. 아무리 참으려해도 하품이 저절로 나와요.
이장희 시인은 이런 봄 날씨를 고양이에 빗대어 표현했네요.

봄은 고양이로다

이장희

꽃가루와 같이 부드러운 고양이의 털에
고운 봄의 향기가 어리우도다

금방울과 같이 호동그란 고양이의 눈에
미친 봄의 불길이 흐르도다

고요히 다물은 고양이의 입술에
포근한 봄 졸음이 떠돌아라

날카롭게 쭉 뻗은 고양이의 수염에
푸른 봄의 생기가 뛰놀아라

*생기(生氣) : 싱싱하고 힘찬 기운

나는 닭이 날지 않는 까닭을 두엄 파다가 잊었기 때문이라고 생각했어요.
친구들은 왜 닭이 날지 않는다고 생각하나요?

예) 뚱뚱하게 살이 쪄서. 하늘을 나는 것이 무서워서.

뻔한 답이 나올 수도 있습니다. 닭은 원래 날지 못하는 새니까요. 하지만 그래도 재미있게 상상해 보세요. 엉뚱하고 기발한 생각으로 이어질 수 있습니다.

하고 싶지만 할 수 없는 것이 있나요? 그것이 무엇인지 이야기해 볼까요?

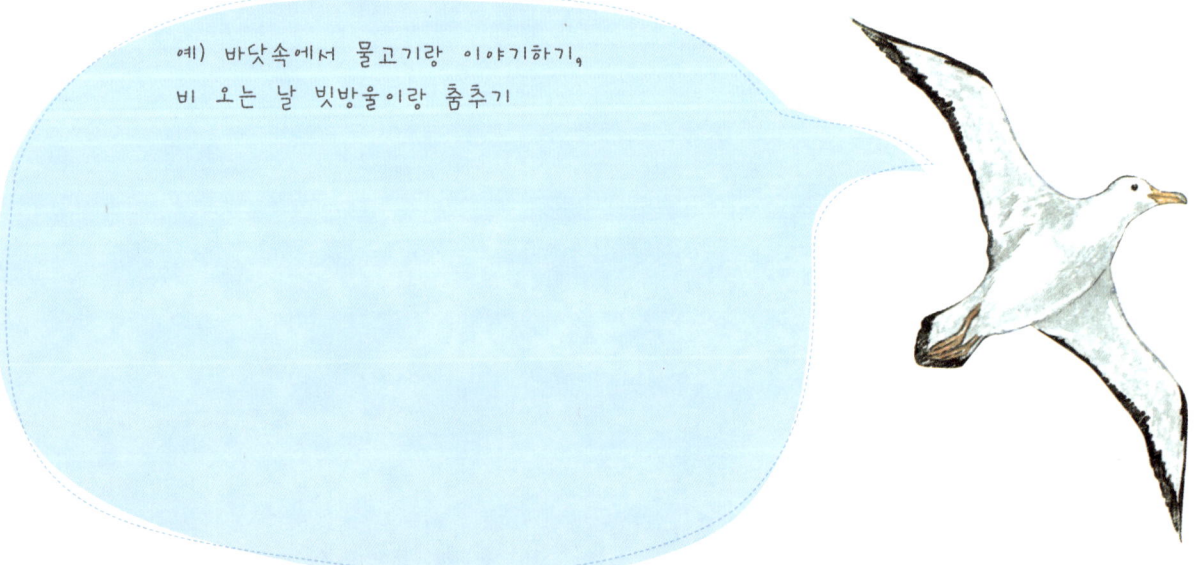

예) 바닷속에서 물고기랑 이야기하기,
비 오는 날 빗방울이랑 춤추기

동물 친구들에게 하고 싶었던 이야기가 있나요?
재롱둥이 강아지나 고양이에게 평소에 하고 싶었던 말, 동물 친구에게
미안했거나 부러웠던 것, 어떤 것이든 좋아요. 내 마음을 동시로 표현해 봐요.

나는 어려운 시대를 살았지만 항상 희망을 노래하고 새로운 길을 이야기했어요.
그래서 내가 쓴 동시에는 어린이들이 더없이 밝고 순수하게 자라기를 바라는
간절한 마음이 담겨 있어요. 밤하늘의 별처럼 변치 않고
빛나길 바라는 내 마음이 곧 동시가 되었지요.

무얼 먹고 사나

햇빛·바람

무얼 먹고 사나

굴뚝

호주머니

빗자루

햇빛·바람

손가락에 침 발라

쏘옥, 쏙, 쏙

장에 가는 엄마 내다보려

문풍지를

쏘옥, 쏙, 쏙

아침에 햇빛이 반짝.

손가락에 침발라

쏘옥, 쏙, 쏙

장에 가신 엄마 돌아오나

문풍지를

쏘옥, 쏙, 쏙

저녁에 바람이 솔솔.

*문풍지 : 문틈으로 새어 들어오는 바람을 막기 위해
문짝 주변을 돌아가며 바른 종이

무얼 먹고 사나

바닷가 사람

물고기 잡아 먹고 살고

산골 사람

감자 구워 먹고 살고

별나라 사람

무얼 먹고 사나.

굴뚝

산골짜기 오막살이 낮은 굴뚝엔
몽기몽기 웨인 연기 대낮에 솟나.

감자를 굽는 게지 총각 애들이
깜박깜박 검은 눈이 모여 앉아서
입술이 꺼멓게 숯을 바르고
옛이야기 한 커리에 감자 하나씩.

산골짜기 오막살이 낮은 굴뚝엔
살랑살랑 솟아나네 감자 굽는 내.

*몽기몽기 : 느릿느릿
*한 커리 : 한 가지
*내 : 냄새

호주머니

넣을 것 없어

걱정이던

호주머니는

겨울만 되면

주먹 두 개 갑북갑북.

*갑북갑북 : 빈 데가 없을 만큼 가득 찬 모양

빗자루

요-리조리 베면 저고리 되고

이-렇게 베면 큰 총 되지.

누나하고 나하고

가위로 종이 쏠았더니

어머니가 빗자루 들고

누나 하나 나 하나

볼기짝을 때렸소

방바닥이 어지럽다고 —

아니 아–니
고놈의 빗자루가
방바닥 쓸기 싫으니
그랬지 그랬어
괘씸하여 벽장 속에 감췄더니
이튿날 아침 빗자루가 없다고
어머니가 야단이지요.

*쓸다 : 자르다.

송알송알 동시

〈굴뚝〉에는 재미있는 말이 많이 나와요. 리듬감이 살아 있는 말들을 읽으면 동시의 재미가 더 살아나지요. 다음은 또 다른 나의 동시 〈겨울〉이에요. 재미있는 말을 찾아 밑줄을 그어 보세요.

겨울

처마 밑에　　　　길바닥에
시래기 다래미　　말똥 동그라미
바삭바삭　　　　달랑달랑
추워요.　　　　 얼어요.

*시래기 : 무의 잎과 줄기를 엮어 말린 것
*다래미 : 새끼줄로 엮어 놓은 줄

나는 장에 가신 엄마를 기다리며 〈햇빛·바람〉을 썼어요. 학교에서 돌아왔는데 엄마가 없네요. 친구들은 엄마를 기다릴 때에 무슨 생각을 하는지 이야기해 줄래요?

주머니 속에 손을 넣어 보세요. 무엇이 들어 있나요? 아무것도 없다고요? 무엇이 있으면 좋을까요?

예) 천 원 - 딱지를 열 개 사야지.

동생 - 자꾸 놀아 달라고 할 때 주머니에 넣어 데리고 나가야겠다.

어, 그런데 작은 동전이 하나 있었네요.
주머니 속에서 동전은 무슨 생각을 했을까요?

예) 빨리 나가서 친구들이랑 떼구르르 구르기 놀이를 했으면.

다른 시 감상하기

우리는 밥도 먹고 반찬도 먹지만 마음도 먹습니다. 기쁜 마음과 슬픈 마음,
그리운 마음을 먹지요. 내가 쓴 동시에는 내 그리운 마음이 가득 담겨 있어요.
마음을 표현한 다른 친구의 동시 한 편을 읽어 볼까요?

내일은 학교 간다

안암초등학교   조영웅

나는 내일 학교를 가네

학교는 만날 공부하네

쉬는 시간은 10분

놀지도 못하네

쉬는 시간이 짧아

앉아 있을 수밖에 없네.

아무리 떼어 내려고 해도 떨어지지 않는 그림자. 이원수 시인은 언제나 자신을
따라다니는 그림자에 마음을 담았네요.

내 그림자

이원수

언제나 따라다니는 내 그림자
기뻐서 뛰어가면 같이 뛰고
서러워서 울고 있으면 같이 울고
그림자야, 너는 내가 그리도 좋냐?
달을 보며 돌아오는 저녁 길에도
졸졸 따라오던 내 그림자
오늘은 어디 갔니, 안개 낀 길에
봐도 봐도 너는 없고 나 혼자 논다.

내 맘대로 동시

우리의 마음을 맛이나 음식으로 표현하면 어떨까요? 기쁜 마음, 슬픈 마음을 맛이나 음식으로 표현해 보세요.

예) 기쁨- 새콤달콤 맛있는 샐러드, 그리움- 맑고 시원한 물

기쁠 때는 어떤 마음인가요? 기분이 어떤가요? 좋아하는 음식과 마음을 연관지어 보세요. 우리의 감각 가운데 미각도 마음과 관련이 깊답니다.
감각을 글로 표현하고 마음으로 연결 고리를 만드는 것도 마인드맵의 하나랍니다.

내 마음으로 요리를 만든다면 어떤 요리를 만들고 싶나요? 내가 만들고 싶은 요리와 이유를 말해 보세요.

예) 떡볶이-선생님한테 혼나서 속상해요.
고춧가루 팍팍 뿌려서 매운 떡볶이를 만들래요.

내가 만든 마음 요리의 재료를 써 보세요.

예) 재료 : 환한 웃음 두 숟가락, 밝은 웃음 한 숟가락, 깊이 팬 보조개 한 줌

나만의 마음 요리를 만들어 볼까요?

예) 동그란 얼굴에 환한 웃음 두 숟가락을 넣는다.
    신 나서 휘휘 저으면 밝은 웃음 한 숟가락을 퐁당.
    보조개가 깊이 패면 보글보글 웃음이 익어 간다.

동시를 쓴다고 하면 어떻게 무얼 써야 할지 몰라 막막할 수 있습니다.
먼저 내 마음이 어떤지를 생각해 보세요. 그리고 그 마음을 음식이나
요리 재료로 표현헤 보는 방법은 색다른 시 쓰기 방법이 될 거예요.

윤동주의 생애와 시 세계

윤동주 시인은 중국 용정에서 1917년 12월 30일에 태어났어요. 어릴 때 이름은 해환이었는데, 해처럼 환한 사람이 되라는 뜻이었어요.

아버지가 학교 선생님이었던 윤동주는 비교적 부유한 집안에서 자랐어요. 하지만 멀리서 학교를 다니느라 늘 집을 떠나 있어야 했지요.

외로운 소년 윤동주에게는 길가에 핀 민들레도 날마다 새롭고, 이리저리 옮겨 다니며 아는 체하는 까치도 반가운 얼굴이었어요. 그렇게 윤동주는 자연을 사랑하고 가족을 그리워하는 어린아이처럼 순수하고 고운 마음을 시로 옮겼어요.

명동 소학교 4학년 때에는 한글 문예지 〈새명동〉을 등사지*로 만들어 발행했어요. 소학교를 졸업한 뒤에는 평양에 있는 숭실중학교를 다니다 중퇴하고 고향 용정으로 돌아왔어요. 용정에서 중학교를 다니며 〈카톨릭 소년〉지에 여러 편의 동시를 발표했고요. 이때 윤동주라는 이름을 필명으로 사용했지요.

명동소학교시절

*등사지 : 등사판(등사기, 간단한 인쇄기의 하나)에 박아 낼 원고를 쓰는 얇은 기름종이

청년이 된 윤동주는 서울 연희전문학교(현 연세대학교)을 다니며 마음속에 민족의식을 키워 나갔어요. 서울 종로구 누상동의 소설가 김송 집에서 하숙하며 〈서시〉〈별 헤는 밤〉〈자화상〉 등의 시를 썼어요. 이 시들에는 민족을 사랑하는 윤동주의 마음이 잘 나타나 있어요. 그래서 사람들은 윤동주를 가리켜 일제강점기에 반기를 든 저항 시인이라고 불러요.

일본 유학 시절

연희전문학교를 졸업하면서 윤동주는 19편의 시를 묶어 《하늘과 바람과 별과 시》이라는 시집을 내려 했어요. 하지만 뜻을 이루지는 못했어요.

그러다 일본으로 건너가 공부를 시작했어요. 공부를 해서 조금이라도 나라와 민족에 보탬이 되는 일을 하고 싶었거든요. 윤동주는 도쿄 릿코 대학 문학부 영문과에 입학했어요. 그러나 얼마 가지 못해 민족운동을 했다는 이유로 일본 경찰에 붙잡혀 후쿠오카 형무소로 보내졌어요.

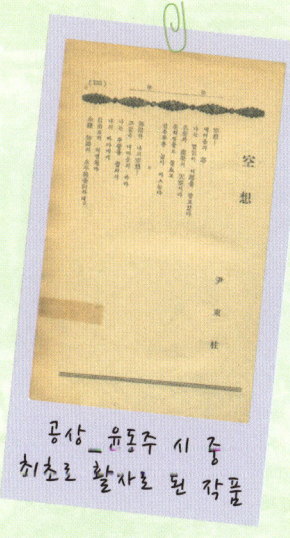

공상_윤동주 시 중 최초로 활자로 된 작품

감옥에서 모진 수감 생활을 하던 윤동주는 1945년 2월 16일, 악형을 견디지 못하고 감옥에서 그만 숨을 거두고 말았답니다. 이때 윤동주의 나이는 겨우 스물아홉 살로 광복을 불과 6개월 남겨 두었을 때였어요.

윤동주의 유해는 한 줌의 재가 되어 고향 용정으로 보내졌어요. 눈보라가 휘몰아치는 날, 동산 교회 묘지에서 장례식이 치뤄졌지요. 이날 〈우물 속의 자화상〉과 〈새로운 길〉이 낭독되었어요. 이렇게 민족 시인 윤동주는 우리의 곁을 떠났답니다.

윤동주 시비(1969)

1948년에 친구 정병욱과 동생 윤일주가 윤동주의 뜻을 기리며 시 30편을 모아 《하늘과 바람과 별과 시》를 펴냈어요.

그 뒤로 윤동주의 시를 기록한 시비가 연세대학교 캠퍼스와 간도 용정중학 교정에 세워졌어요. 1995년에는 일본의 도시샤 대학에도 대표작 〈서시〉를 기록한 시비가 세워졌어요.

윤동주는 일제강점기의 슬프고 안타까운 시대를 살았어요. 하지만 항상 봄을 노래하고 새로운 길을 이야기했어요. 시를 통해 희망을 전하고 외로움과 슬픔을 이겨내고 싶었기 때문이에요. 밤하늘의 별처럼 조용하지만 변치 않고 빛나길 바라면서 말이지요.

*시비(詩碑) : 시를 새긴 비석

윤동주의 시는 어릴 때에 쓴 시와 어른이 되어서 쓴 시로 구분할 수 있어요. 어린 시절 윤동주는 정겹고 신기한 자연의 세계를 관찰하기 좋아했어요. 그래서 자연의 모습을 표현한 시를 많이 썼지요. 어릴 때부터 집을 떠나 있었기에 그리움과 외로움도 시에 많이 담겨 있어요. 〈버선본〉〈햇빛·바람〉〈조개껍질〉〈겨울〉이 대표적인 시들이에요.

어른이 되어서 쓴 시들은 대부분 연희전문학교를 다닐 때에 썼어요. 우리 민족의 암울한 현실을 이겨내고 스스로를 돌아보고 성찰하고자 하는 마음이 강하게 드러나 있어요. 〈서시〉〈자화상〉〈또 다른 고향〉〈별 헤는 밤〉〈쉽게 쓰여진 시〉등이 그때 쓴 대표적인 작품이에요.

시집 《하늘과 바람과 별과 시》에는 비록 어렵고 어두운 시대에 살았지만 희망을 버리지 않고 순수한 삶을 살고자 했던 윤동주의 마음이 고스란히 담겨 있어요.

내일은 없다

내일 내일 하기에
물었더니
밤을 자고 동틀 때
내일이라고.

새날을 찾던 나는
잠을 자고 돌보니
그때는 내일이 아니라
오늘이더라.

무리여! 동무여!
내일은 없나니
......

서시

죽는 날까지 하늘을 우러러

한점 부끄럼이 없기를

잎새에 이는 바람에도

나는 괴로워했다.

별을 노래하는 마음으로

모든 죽어가는 것을 사랑해야지

그리고 나에게 주어진 길을

걸어가야겠다.

오늘 밤에도 별이 바람에 스치운다.

새로운 길

내를 건너서 숲으로
고개를 넘어서 마을로

어제도 가고 오늘도 갈
나의 길 새로운 길

민들레가 피고 까치가 날고
아가씨가 지나고 바람이 일고

나의 길은 언제나 새로운 길
오늘도 …… 내일도 ……

내를 건너서 숲으로
고개를 넘어서 마을로

소년

여기저기서 단풍잎 같은 슬픈 가을이 뚝뚝 떨어진다.
단풍잎 떨어져 나온 자리마다 봄을 마련해 놓고 나뭇가지
위에 하늘이 펼쳐 있다. 가만히 하늘을 들여다보면 눈썹
에 파란 물감이 든다. 두 손으로 따뜻한 볼을 쓸어 보면
손바닥에도 파란 물감이 묻어 난다. 다시 손바닥을 들여다
본다. 손금에는 맑은 강물이 흐르고, 맑은 강물이 흐르고,
강물 속에는 사랑처럼 슬픈 얼굴 – 아름다운 순이의 얼굴이
어린다. 소년은 황홀히 눈을 감아 본다. 그래서 맑은 강물은
흘러 사랑처럼 슬픈 얼굴 – 아름다운 순이의 얼굴은 어린다.

생각이 열리는 동시집

윤동주 시인과 함께하는 송알송알 동시 논술

2011년 07월 31일 초판 1쇄 발행

시쓴이 윤동주   엮은이 이상미   그린이 박지훈
제 작 정희원·정수진   마케팅 주상욱, 정진욱
디자인 박가애   교정·교열 이인영

펴낸곳 도서출판 초록우체통
등 록 2009년 3월 19일 제307-2009-17호
주 소 서울시 마포구 서교동 451-4 두지빌딩 1층
전 화 02-6673-0421
이메일 gpostbox@naver.com

ⓒ 2011 이상미, 박지훈
 ISBN 978-89-962477-5-3 13810

* 이 책에 실린 동시는 현대 맞춤법에 따라 일부 수정되었습니다.
* 사진 제공 : 연세대학교 윤동주기념사업회